KB110450

그대는 언제나 밖에

차례

恢復期의 노래

1

무엇일까.

나의 육체를 헤집어, 바람의 그의 길고 부드러운 손가락으로 꺼내는 것들은. 육체 중의 어느 하나도 허용되지 않는 시간에 차라리 무섭고 죄스러운 육체를 바람 속에 내던졌을 때, 그때 바람이 나의 육체에서 꺼낸 것들은.

거미줄 같기도 하고, 붉고 혹은 푸른 색실 같기도 한 저것들은 무엇일까.

바람을 따라 한없이 풀려나며 버려진 땅, 시든 풀잎, 오, 거기에서 새어나오는 신음을 어루만지며 어디론가 달려가는 것들은. 저것들이 지나는 곳마다 시든 풀잎들이 차츰 軟草綠으로 물들고, 꽃무더기가 흐드러지고, 죽어있던 소리들이 이슬처럼 깨쳐나 나팔꽃 같은 귓바퀴를 찾아서 비상하고……

2

누님, 저것들이 정말 저의 육체일까요? 저것들이 만나는 사물마다 제각기 내부를 열어 생명의 싱싱한 초산 냄새를 풍기고, 겨드랑이 사이에 젖을 흘려서 저는 더 이상 쓰러질 필요가 없습니다. 굶주려도 배고프지 않고, 병균들에게 빼앗긴 조직도 아프지 않습니다. 저의 캄캄한 内譯마저 젖물에 녹고 초산 냄새에 스며서 누님, 저는 참으로 긴 시간 끝에 때묻은 시선을 맑게 씻고 모든 열려있는 것들을 봅니다. 모든 열려있는 것들을 노래합니다.

격렬한 고통의 다음에는 선명한 빛깔들이 일어서서 나부끼듯이,
오랜 주검 위에서 더 없는 생명과 빛은 넘쳐 오르지.
열린 밤하늘과 수풀 있는 언덕에서
깊이 묻혀 깨끗한 이들의 희생을 캐어내고
바람의 부드러운 촉루 하나에도
돌아온 死者들의 반짝이는 고전을 보았어.
저것 봐, 열린 페이지마다 춤추는 句節들을.
익사의 내 눈들이 별로 박히어 빛을 퉁기는 것을.
모든 허물어진 관련 위에서 새롭게 시작되는 질서를.

내가 품었던 암흑의 사상은 반딧불 하나로 불 밝히고
때 묻은 활자들은 참이슬에 씻어냈어.
수시로 자라는 번뇌는 銀盤의 달빛으로 뒤덮고
눈부신 구름의 옷으로 나는 떠오르지.
포도알들이 그들 가장 깊은 어둠마저 빨아들여
붉은 과액으로 융화하는 밤이면, 그들의 암거래 속에서
나도 한 알의 포도알이 되어 세계를 융화하고……

3

무엇일까?

밤마다 나를 뚫고나와 나의 전체를 휘감아 도는 은은한 광채는, 숨기려 해도 어쩔 수 없이 스며나는 마치 보석과도 같은 광채는.

스스로 아름답고 스스로 무서운 저 광채 때문에 깊은 밤의 어둠 속에서도 나는 한 마리 夜光蟲이 되어 깨어 있어야지. 저 광채 때문에 내 모든 부끄러움의 한 오라기까지 낱낱이 드러나 보이고, 어디에도 감출 수 없는 뜨거운 목소리들은 이 밤에 버려진 갈대밭에서 저리도 뚜렷한 명분으로 나부끼지. 두려워 깊이 잠재운 한 덩이 뜨거운 피마저 이 밤에는 안타까운 사랑이 되어 병든 나를 휩쓸지. 캄캄한 삶을 밝히며 가득 차오르지.

무엇일까?

밤마다 나를 뚫고나와 나의 전체를 휘감아 도는 은은한 광채는. 숨기려 해도 어쩔 수 없이 스며나는 마치 보석과도 같은 광채는.

교감 交感

이제 막 꽃잎을 여는 원추리 앞에서, 네가

무심코 진저리를 칠 때

나는 원추리와 함께 있다.

바람 한줄기를 따라, 온몸으로

원추리를 통과하는 중인지도 모른다.

살아있다거나 혹은 죽어 있다고

표현하지 말자.

원추리가 나를 느끼고, 동시에

네가 원추리를 느낀다.

꽃들이 한꺼번에 벙글어지는 봄날

너와 나도 함께 벙글어진다면

삶과 죽음은 어차피 둘이 아니다.

육탈 肉脫

가령 아무도 찾아낼 수 없는 깊은 골짜기에서, 내가
시체로 누워있다고 하자.

가령 굶주린 독수리며 까마귀며 산짐승들이
시체를 먹어치웠다고 하자.

가령 남은 것들은 파리가 구멍마다 구더기를 키우고
개미들도 넉넉하게 제 곳간을 채웠다고 하자.

가령 그 다음에 시체의 진물까지도
풀이며 키 작은 나무들의 양분이 되었다고 하자.

가령 여러 해 후에는, 고스란히 뼈만 남아
햇살에 하얗게 빛난다고 하자.

가령 봄에는 꽃비가, 가을에는 낙엽이
하얀빛을 포근하게 덮는다고 하자.

가령 평생을 꾸정모기로 그악스럽던 내가
처음으로 부드러운 선물을 주고받았다고 하자.

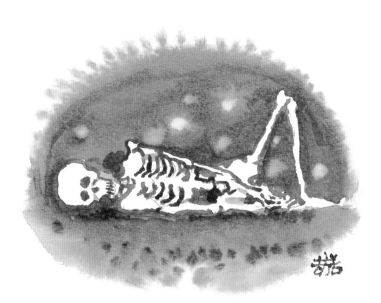

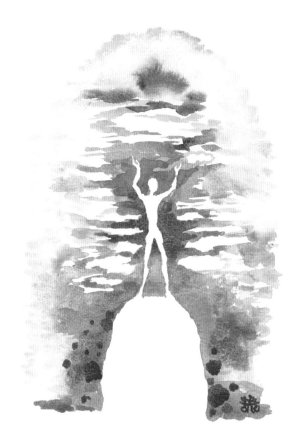

무게

바람이 불면, 문득 무게가 그리워지네

나도 한때는 확실한 무게를 지니고

비람부는 언덕에서

한껏 부푼 부피도 느끼며

군청색 셔츠를 펄럭였지

마치 누군가를 그리워하는 것처럼, 그렇게

누군가의 안에서 언제까지라도

지워지지 않을 것처럼

임종^{臨終}

입안에, 누군가가
쌀 한줌을 넣어주면서
나는
비로소 죽는다,

염을 하는
시체의 구멍마다
썩은 물이
비문碑文을 새기고

비문에서 떨어져 나온 것들이
헌 옷이나 살비듬, 혹은
뒷소문처럼
남은 사람들의 불에
던져진다.

그런대로 향기롭구나.
내가

내 죽음의
절차를 견디는 일.

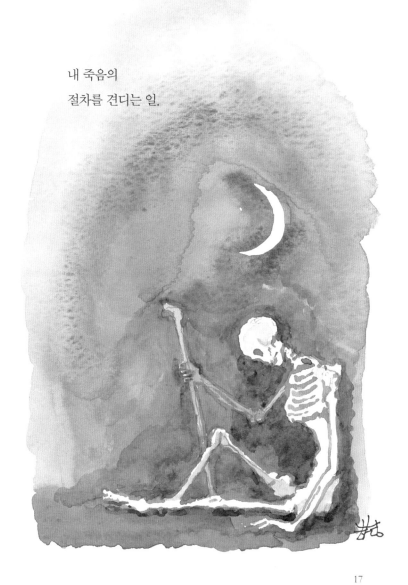

묘비명

나도 밤나무

나도 송이풀

나도 생강

나도 방동사니

나도 옥잠화

나도 냉이

나도 감

나도 은초롱

나도 바람꽃

푸른 불빛

밤하늘에, 내가
푸른 불빛으로 박혀 있다.

구태여 내가 올라가거나
밤하늘이 내려온 것이 아니다.

아주 오래전부터 혹은
아직 살아 있을 때부터

밤하늘에, 내가
푸른 불빛으로 박혀 있다.

죽는다는 것도, 애오라지
푸른 불빛으로 박혀 있는 순간일 뿐.

곰팡이

설마 한 덩이 메주에 스며들어, 내가
네 집 처마에 매달린 걸 알까.

이따금, 들이치는 빗방울에 섞여
건듯 바람의 애무를 받다가

쏟아지는 별똥별에 눈을 뜨고
눈 내리는 밤의 번잡을 틈타

메주덩이 안팎에, 무모하게
푸른 곰팡이로 살아온 걸 네가 알까.

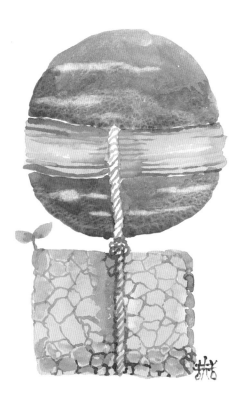

때

죽어서도, 나를
지우는 일은 힘들구나.

철새들이 먼 길을 떠나는 강가에서
나도 한 마리 철새가 된들,

갈대꽃들이 하얗게 소리치는 달빛 속에서
나도 한 송이 갈대꽃으로 피어난들,

수천 개의 귀를 열어, 마침내
누군가의 울음 속으로 스며든들,

오래 묵은 때처럼, 나는
지워지지 않는구나.

두엄

썩을수록 따뜻한 두엄 속에서, 내가
잘 썩고있다고 여기자.

무서리가 내린 초겨울 아침에, 두엄에서 내가
모락모락 하얀 김으로 피어오른다고 여기자.

온밤을 홀로 추위에 떨며 지샌 네가
두엄에서 무심코 걸음을 멈춘다고 여기자.

물방울

물망울로 현현할 수도 있을 거다.

물이면서도 물을 벗어난,
실체이면서도 실체를 느끼지 않는,
비었으면서도 빔을 드러내지 않는,
건듯 환상의 무지개도 빚어내는,
종내는 주검이듯 펑 터질 줄도 아는,

저 가볍게 떠도는 것들의 현현.

저녁

새의 그림자가 길게 끌고 가는 것은 누구일까

땅거미가 야금야금 갉아 먹는 것은 무엇일까

붉은 옷의 승려가 사는 서녘에는

마지막 시체가 연기를 피워 올리고

떠난다거나 다시 돌아온다는 것도

이미 먼 세상의 일이다.

서른세 번, 망자를 거두는 종이 울리면

어렵사리 네가 붙잡은 나마저 사라진다.

기러기

기러기가 남긴 동선動線을 잡고

세상 밖으로 날아가네

달빛 속에 하얗게 잠든 어느 마을에서는

내 그림자라도 창에 어렸을까,

낮은 지붕 아래 한 점 불이 꺼지네

맨발

해발 4천 킬로가 넘는 히말라야 산길에서
맨발을 만났다.
어림잡아 일흔이 넘은 노파와
또 어림잡아 십 킬로는 넘는 곡식부대 걸망을
할머니의 맨발이 버팅기면서
경사 가파른 바윗길을 잘도 걷고 있었다.
내 운동화가 맨발을 뒤따르는데,
갑자기 맨발이 사라지고, 그 자리에
변산반도 곰소 앞 바다 숭어떼가 나타났다.
때마침 멸치잡이 배를 뒤따라 온 숭어떼가
철퍼덕, 철퍼덕, 힘차게 꼬리 치는 소리까지 들렸다.
맨발은 이미 세상 밖으로 떠나갔으리라.
맨발은 한번도 본 적이 없는 곰소 앞바다에 가서
숭어떼에 섞여 힘차게 유영하고 있으리라.
어느 순간 나도 세상 밖으로 떠나가고, 맨발과 함께
숭어떼가 되어 해발 4천 킬로의 바윗길을
철퍼덕, 철퍼덕, 힘차게 꼬리쳤다.

2100년 호모사피엔스의 유언

우리 호모사피엔스를 비롯하여 허파로 숨을 쉬는 모든 포유류가

함께 멸망한 이번 재앙은 단 하나 우리 호모사피엔스가 불을 사용하는

법을 배우면서 시작되었음을 밝힙니다.

아울러 이번 재앙은 지구라는 푸른 별에 우리 호모사피엔스가

돌연변이로 기생한 이래, 푸른 별로서는 참으로 오랜만에 맞는 축복받은

휴식의 시간이 될 것임을 믿어 의심치 않습니다.

우리 호모사피엔스가 없는 지구여,

영원히 거룩하여라!

상처

마지막 빛이 스며들어

노을이 저무네
노을 속에서, 아직도 살아 있는 것처럼.

함께 저무는 것은

내 묵은 상처일까, 혹은

너에게 스며들던 마지막 빛일까.

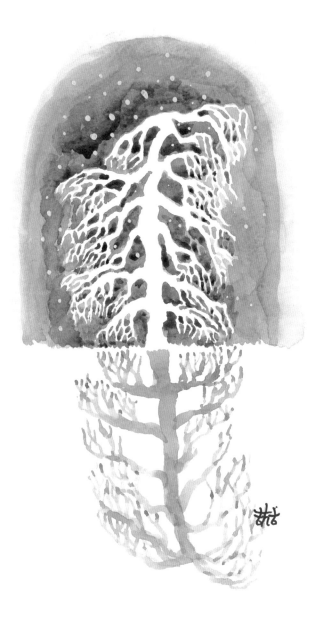

거울

별빛과 별빛이 부딪쳐 쨍그렁대는, 사이를 지나며
비로소 알겠다.

만져지지 않는 손길로, 네가
몇 번이고 더듬어 만지던 내 얼굴이
바로 거울인 것을.

이제 거울에는 내 얼굴 대신
네 얼굴이 들어 있다.

차마 몰랐구나.

죽는다는 것이 거울이 되어
내 얼굴에서
네 얼굴을 보게 될 줄.

별빛과 별빛이 부딪쳐 쨍그렁대는 사이로.

숨

어린아이들 울음소리 끊긴 골목에
눈보라 환하게 몰려올 때

세상의 마지막인 듯, 허리 굽은 노인네
핏기 없는 얼굴이 깜박인다,

노인네의 눈구멍으로 흘러든 풍경에, 문득
정전기라도 일었으리라.

꽉 닫힌 양철문들이 일제히 덜커덩대며
더 세게 문고리를 안으로 걸어 잠그고

멀리 교회 첨탑에서는
고해성사가 분분히 흩날린다.

사람 하나 숨을 버리는 일마저
저리도 많이 번거롭다니.

물수제비

강에서 물수제비를 뜨네.

작고 둥근 돌멩이가 수면에 닿는 찰나,
반짝이면서 내 한 생이 저무네.

내가 내 안으로 스며드는 것이
저리도 쉬운 것을.

……강에서 물수제비를 뜨네.

몸

참 오래 몸에 머물렀다.

주인이듯 내가 머무는 동안에, 몸은
버라별 모욕을 다 겪고, 몇 군데는
부러지고 꺾이고 곪아서, 끝내
만신창이가 되었을 거다.

귓구멍으로 감창이 들어차고
뱃구레 가득히 욕지기가 출렁거려
똥구멍이 미어지는 수모를 견디고야, 비로소
몸이 나를 버렸을 거다.

이제 나는 몸이 없는 곳으로 떠난다.

그렇게 몸이 없이 사방을 돌아보면, 아마,
몸 이외에 나는 아무것도 아니구나.
몸이 없는 곳에는 그 어떤 것도 없구나.

시심마 ^{是甚麼}

죽기 전 까지 내 눈이
두리번거리며 찾았던 것은 무엇일까.

죽고 나서도 차마 감지 못하고, 한동안
두리번거리며 찾았던 것은 무엇일까.

돌이면 돌,
물이면 물, 혹은
나무면 나무, 그
안을 더듬거리며 찾았던 것은 무엇일까.

부드럽고 젖어
달콤한 거짓처럼, 이를테면
만지면서도 만져지지 않는
평생 허기와
고요, 그
안을 더듬거리며 찾았던 것은 무엇일까.

휴일

평안하다.

이제 막 꽃잎을 여는 수선화, 그 옆에 할미꽃,
감자밭 이랑을 고르는 노파의 호밋날,
잣나무 울울한 숲길,
아직도 김이 오르는 개똥 무더기.

어디에도 나는 없다.

한때 내 눈의 그림자에 가려
어두워졌던 모든 풍경들이, 비로소
제 빛깔을 찾는 봄날,

아름답구나. 내가 없는 세상.

길

살아생전, 안타까웠던 것은
내가 단 한번도 길을 잃은 적이 없다는 것.

세상의 길이란 길은 남김없이
자신에게 돌아오는 길밖에 없을 때

살아생전, 길을 잃고 헤맨다는 것이
나에게 남은 마지막 길이라는 걸 몰랐다는 것.

평생

욕심에 한껏 젖고

제 성깔에 못 이겨

어리석은 곳만 골라 헤맸으나

……더없이 눈부시구나.

욕지기

죽어서까지 끝끝내
욕지기를 하고 만 것은
단 한 번,
신을 만났을 때다.

살아생전, 그토록 추악했던
내가
바로 신이라니!

살

내가 네 살을 만지고

네가 내 살을 만진다.

……외로움이란 그런 것이다.

내가 내 살을 만지고

네가 네 살을 만진다.

……외로움이란 그런 것이다.

무서리

뱀들은 저마다 깊은 굴속으로 들어갔을까

다람쥐들은 저마다 넉넉한 알밤을 묻어두었을까

달팽이들은 저마다 맞춤한 바위틈으로 파고들었을까

들쥐들은 저마다 어린 새끼들을 온전히 품었을까

철새들은 저마다 온화한 남쪽으로 날아갔을까

여태껏 제자리를 찾지 못한 목숨들이

마지막 안간힘으로 어지럽게 사방을 헤매는

오늘밤, 들판 가득히 무서리가 내리는데

단 하루라도

나도 한때는
어머니의 자랑스런 자식이고자 했네.
그렇게 세상에 도움도 주리라 믿었네.

평생의 끄트머리에 이른
내 마지막 바람은
단 하루라도 세상에 누가 안 되는 것.

나를 무는 모기며 쇠파리
한 마리에도
부끄러워 눈길을 피하네.

밤바람 소리

어릴 적 누님을 부둥켜안고 울면서 듣던 밤바람 소리 속에는
멀리 웃녘으로 겨울 장사를 떠난 어머니의 목소리가
섞여 있었습니다.

언제부터인가 혼자서 듣는 밤바람 속에는 캄캄한 저승에서
서로 부둥켜안은 어머니와 누님의 목소리가
함께 섞여 있었습니다.

아득한 곳에서 홀로 된 그대가 듣는 밤바람 소리 속에는
어머니와 누님을 부둥켜안은 내 목소리도 함께 섞여
있는지요.

꽃이 필 때

지나온 어느 순간인들
꽃이 아닌 적이 있으랴.

어리석도다
내 눈이여.

삶의 굽이 굽이, 오지게
흐드러진 꽃들을

단 한번도 보지 못하고
지나쳤으니.

진달래꽃

그대에게 가는 길이
그대처럼 깊게 병드는 일이라면,
병들어, 눈, 코, 입 문드러지고
손, 발가락마저 문드러지고
몸뚱이 하나로만 남는 일이라면,

가겠네, 그대의 길 따라
몸통 하나로만 그대에게 가겠네.
햇살 바른 양지쪽에, 두 몸통을 어울려
문드러진 눈, 코, 입, 손, 발가락
저리도 난만한 진달래꽃으로 피는 일이라면,

각시붓꽃

그래, 가보니 어떠하냐.
가는 길이 허방인 줄 번연히 알면서도
끝내 붙잡지 못한 것은
각시붓꽃 때문이다.
때맞추어 여기저기 보랏빛으로 넘쳐나는
눈부심 때문이다.

그래, 가는 길이 허방이면 어떠하냐.
눈부심은 눈부심만으로 눈부시다.
네가 남긴 눈부심에 싸여, 오늘은
각시붓꽃을 바라보며 나도 눈부시다.

모란

그럴 줄 알았다.

단 한번의 간통으로
하르르, 황홀하게
무너져내릴 줄 알았다.

나도 없이
화냥년!

목련

이를테면 내가 죽고
아직 앳된 네가
소복을 입었다 치자.

소복의 푸른 넋마저
요염妖艶에 물드는
봄밤.

복사꽃

갓난애에게 젖을 물리다 말고
사립문을 뛰쳐나온 갓 스물 새댁
아직도 뚝뚝 젖이 돋는 젖무덤을
말기에 넣을 새도 없이
뒤란 복사꽃 그늘로 스며드네.
차마 첫정을 못 잊어 시집까지 찾아온
떠꺼머리 휘파람이 이제야 그치네.

밤꽃

한 사내가 한 여자의 안으로 깊이 들어갔습니다.

풀지 못한 무슨 매듭이 그리 많은 걸까요.

온밤을 벌겋게 밝힌 끝에, 한 사내는 흐엉, 흐엉, 들짐승 같은 울음을 울었습니다.

한 사내가 빠져나가고, 그 빈자리에 아직도 울음이 에코로 울릴 때, 한 여자에게서 밤꽃 향기가 풍겨 나왔습니다.

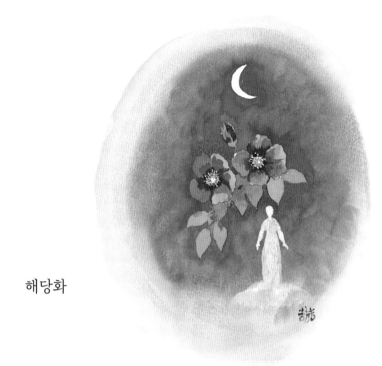

해당화

목소리에도 칼이 달려, 부르는 유행가 마다

피를 뿜어대던 어린 작부,

붉게 어지러운 육신 끝내 삭이지 못하고

백사장 가득한 해당화 터져나듯

밤바다에 그만 목숨을 던진 어린 작부.

망초꽃

마침내 보았단 말이지?

누구도 보지 못한 캄캄한 나루에서

기어이 너만은 보았단 말이지?

돌아보면 이승과 저승이 함께 먼데

까마득한 너만은 보았단 말이지?

오늘 밤도 벌판 가득히

망초꽃 하얗게 흐드러지는데.

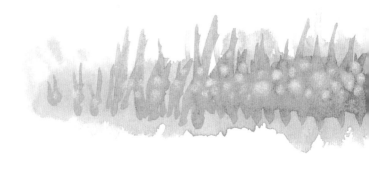

개구리밥

흐르는 물에 우선 마음을 맡기네.

몸은 저절로 따라올 터이니

앞뒤 따질 것 없이

함께 물이 되어 흐르네.

만나고 헤어지고 또 만나는

흐름 사이에, 개구리밥들도

담홍색 손톱만한 꽃을 피워

뒷소리인 듯 슬그머니 끼어드네.

영산홍

내가 너를 더듬고

네가 나를 더듬어

온 산에 무더기를 이룬다면

화무십일홍花無十日紅, 열흘이 아니라

찰나 간에 스러진들 어떠랴.

스러져, 바닥 모를 허공으로

붉게 사라진들 어떠랴.

나비난초

일찍이 한 소식 하여

스무 살에 큰스님 되었다는 조실스님

고로롱 팔십이 되도록까지

눈빛 사나운 운수납자雲水衲子들에게

딱 한 마디만 가르치네.

"공부할 것 없다아."

오늘도 뼈만 앙상한 갈퀴손을 저어 보이며,

"공부할 것 없어어."

조실 앞에 피어있는 어떤 나비난초인들

갈퀴손 손짓보다 가벼우랴.

구절초

자식을 감옥에 두는 일이 서툰
늙은 어미 하릴없이 목을 매네.

풍 맞은 반신불수 이끌어
어렵사리 대문 고리에 목을 매네.

늙은 어미 마지막 눈길이 머문 곳은
마당 한 켠 화단의 구절초 꽃무더기.

언젠가 자식하고 함께 뒷산에서 캐다 심은
구절초 꽃무더기 하늘하늘한 몸놀림.

이제 막 숨 줄을 놓은 늙은 어미
힘 잃은 목이 거기로 기우네.

동백꽃

달빛 가득한 거문도의 밤에는
부두 뒷골목 낙원정 색시들만 노래 부르는 게 아니라

이 밤 따라 얄궂게 목소리가 떨리고
가슴을 더듬는 뱃사람 손길도 거칠지 않아

가슴 속에 쌓여 있던 무엇인지
자꾸만 자꾸만 넘쳐난다 싶을 때

달빛 가득한 뒷동산 동백 숲에는
기어코 터져 나온 노래, 노래들!

눈꽃 1

왜 나는 안으로 들어가는 길을 몰랐을까.
안으로 들어가는 길을 죽음이라고만 여겼을까.

깊어진 한겨울 연사흘 눈이 내려
쑥부쟁이, 엉겅퀴, 개망초, 강아지풀 시든 덤불까지
쌓인 눈 속에 온전히 모습을 감추었을 때,

죽은 고양이 한 마리, 끈이 떨어진 슬리퍼 한 켤레,
컵라면 그릇, 깨진 플라스틱 대야마저
쌓인 눈 속에 온전히 모습을 감추었을 때,

천흥공단을 끼고 도는 시궁창 옆에서
비로소 안으로 열린 길을 더듬어들며, 나 또한
쌓인 눈 속에 온전히 모습을 감추네.

눈꽃 2

마을 앞을 흐르는 개울가.
죽은 몸둥이를 하늘에 펼치고 있던
미루나무 한그루
오늘은 온몸으로 눈꽃을 피우고 있네.

텃밭에 그늘을 들인다는 이유로
농약이며 휘발유를 들이부어 죽여버린
미루나무 한그루
오늘은 온몸으로 눈꽃을 피우고 있네.

무슨 주검으로 남아야, 나는
미루나무 옆에 나란히 서서
온몸으로 눈꽃을 피울 수 있을까.

눈꽃 3

무너진 둑을 수리하느라, 물을 빼버려
뻘밭 드러낸 천흥저수지에도
밑바닥 가득히 눈이 쌓였다.

겨울 내내 저수지를 지날 때마다
내 밑바닥 또한, 모든 것이 지워지면
저렇듯 흉물스러울 것이라고만 여겼거니,

결코 지워질 수 없는 삶의 몇 조각 남루만이
뻘에 처박힌 쓰레기들처럼
아프게 눈을 찌르리라 여겼거니,

퍼붓는 눈 속에 스스로 마저 지워져버린
오늘, 천흥저수지와 더불어 밑바닥에 쌓이는
지워짐의 무게, 그 눈부심!

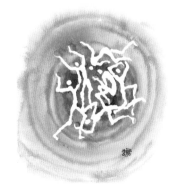

눈꽃 4

멀리 산굽이를 돌아, 마을을 떠나간
누군가의 발자국마저 지워져버린 다음에

들판 건너에서 오래 깜박이고 있던
누군가의 불빛마저 지워져버린 다음에

누군가의 불빛을 따라, 오래 깜박이던
마지막 기다림마저 지워져버린 다음에.

추운 밤에

꿈꾸네.
밤이면 그들 가장 부드러운 속털을 맞부벼
서로의 체온을 나누는
겨울짐승 두 마리를 꿈꾸네.

또 꿈꾸네
밤이면 그들 가장 붉고 뜨거운 혀를 내어
서로의 상처를 핥아주는
겨울짐승 두 마리를 꿈꾸네.

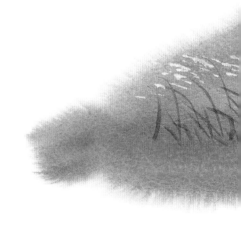

詩

별빛 하나에도 우리를 빛낼 수는 있다.
한 방울 눈물에도 우리를 씻을 수는 있다.
버려진 정신들을 이끌고, 바람이 되어
한반도에 스민 강을 흔들 수는 있다.
춥고 긴 겨울을 뒤척이는 자여.
그대 언 살이 터져 詩가 빛날 때
더 이상 詩를 써서 詩를 죽이지 말라,
누군가 엿보며 웃고 있도다, 웃고 있도다.

갈꽃이 피면

갈꽃이 피면 어이 하리.
함성도 없이 갈채도 없이, 산등성이에
너희들만 눈부시면 어이 하리.
눈멀고 귀멀어, 하얗게 표백되어
너희들만 나부끼면 어이 하리.
아랫녘 강어귀에는 기다리는 처녀.
아직껏 붉은 입술로 기다리는 처녀.

잠들지 못할 때

닦아서 날카로워지는 것은 비수만이 아니다.
밤은 깊어서, 누리에 가득한 슬픈 눈물이
저마다 무거운 꺼풀을 닫을 때
이제 그만 우리도 비수를 거두자.
이 밤에 불면으로 빛나는 자여.
그대 두 눈의 진주가 나를 닦아서
나 또한 진주가 되어 누군가를 닦는다.

바람에 대해서

바람은 보고 들은 것들을 더 이상 번역하지 않는다.
빈 벌판을 지나서 이 나라 전역을 지나서
바람은 이제 오직 바람 자체로 우리에게 불어온다.
헛된 소모 속에 번들대는 땅, 혹은
고통의 극에서 배설된 오르가즘이
우리의 피부를 강철처럼 굳게 할 때
불어온다. 우리에게 남은 한 줄기의 정신.

피

부끄러워라, 피를 속이는 삶.
무서워 땅에 묻은 한 덩이 피가
천 날이 지나서도 나를 물들인다.
깊이 눈을 감는 한밤의 어둠 속에서도
보석처럼 땅 위에 스며나는 피의 광채!

사랑

내 더러운 피가 그대의 흰 옷을 물들일 때까지.
물들어 더러운 그대가 그대의 깨끗한 內臟을 찢을 때까지.

더러움은 더럽기 때문에 우리의 참혹한 살갗을 빛나게
하고
어둠은 어둡기 때문에 우리를 어둠에서 벗어나게 하는.

無題

아편꽃 한없이 피어있는 화전 밭에
한 마리 뱀이 되어 숨어 살리요.
가장 푸른 하늘 한 조각 또아리에 틀어말고
밤이면 별빛, 가까운 반딧불 하나마저
붉은 혓바닥 널름 내어 삼켜버린 후
온전한 어둠 그대로 숨어 살리요.

蕩子日記 1

밤이 오기 전에
내가 눈부신 야수가 되기 전에

황혼의 붉은 물들이 나를 익사시켜
내가 난폭한 구름의 옷을 입기 전에

복수 하세요.
나에게 버림받은 그대들은.

눈짓으로 그대를 유혹했으면 눈알을 뽑으세요.
손가락이 그대의 살에 닿았으면 손가락을…….
붉은 심장이 그대를 불렀으면 칼을 들어 심장을 겨누세요.

밤이 오기 전에, 스스로 어쩔 수 없는
눈부심에 그대들이 눈멀기 전에.

蕩子日記 2

모래를 열어서 모래를 만지고
어둠을 열어서 어둠을 보는
내 손톱과 굶주린 눈이
그대의 어디에 닿은들
푸들거리는 그대의 살, 참혹한
부딪힘만이 남지.
몇 번의 눈물과 입맞춤 속에서
그대는 캄캄한 食性만을 익히고
〈마침내 마침내〉를 말하게 되고
끝내 쓰러지지, 일어나지 못하지.
비를 열어서 비를 마시고
밤을 열어서 밤을 적시는
그런 빗속에 그런 밤 속에.

蕩子日記 3

그대에게 더 이상 죄를 저지르지 못하는 밤에는 내 얼굴
이 보이지.

얼굴보다 앞서 흉터가 보이고, 흉터 속의 싸움이 보이고,
피부를 찢는

상대방의 흉기가 보이지. 아무도 눈뜨지 않는 밤에 캄캄
한 흉터를

다시 한번 흉기가 번뜩이고 피가 흐를 때 저 피투성이의
얼굴에서 꿈틀

거리는 것은 무엇인가. 끝내는 나로 하여금 풀잎

같은 그대를 쓰러뜨리고,

푸르른 그대를 능욕하게 하는 저 피투성이의 짐승은 무엇
인가.

더 이상 그대에게 죄를 저지르지 못하는 밤에는 내 얼굴
이 보이지.

蕩子日記 4

눈을 뜰 수가 없어, 대낮에는, 모든 사물이 불타고 모든
　방향이 눈 부셔서 나는 미물의 짐승이 되어서도 어느 한
곳에
　숨지 못해. 저 숲의 그늘도 낱낱이 나를 구멍 뚫어. 푸르른
　살은 나에게 빼앗기고 뼈마디만으로 온밤을 굴러다니던
그대
　마저도 낱낱이 빛이 되어 나를 찔러. 눈을 뜰 수가 없어,
　대낮에는, 모든 사물이 불타고 어떠한 방향도 눈부셔서
　어디에도 숨지 못해.

蕩子日記 5

바다에서, 숲에서, 휘둘리는 달빛 아래서, 숙취 속에서,
길 위에서, 파묻히는 눈 속에서, 붉은 담뱃불 속에서.
외마디 비명 속에서
나부끼는 풀잎 속에서, 죽음처럼 격렬한 섹스 속에서,
밤과 밤의 뒤척임 속에서
문득 자라버린 수염에서, 망망한 시선 속에서, 날카로운
혈관에서, 파멸의 피 묻은 논리 속에서

그대는 나의 무엇을 보고
그대는 나의 무엇을 만졌느냐.

송기원 시편을 엮으며

삼십여 년 만에 송기원 시인을 만났습니다.

그것도 남도땅 끝 마을 해남에서 말입니다.

칠십이 훌쩍 넘은 나이에 백발의 노인이 되어 시인을 만나게 될 줄이야

꿈엔들 생각했겠습니까.

1980년대 초 제도권 미술판 속에서 조각가랍시고 활동을 하던 제가 느닷없이 또래의 문인들과 어울리게 된 것은, 미술판의 세계 속에서 볼 수 없는 별다른 관심거리가 없을까 하는 호기심 때문이었습니다.

그렇게 며칠이 멀다하고 그들의 술자리를 기웃거리며 귀를 쫑긋거렸습니다.

그 즈음에 송 시인에 대한 얘기를 들을 수 있었습니다.

물론 칠십년 대 초에 일찌감치 신춘문예를 통해 소설과 시를 동시에 아우르며 필명을 날려 많은 문학인들의 부러움

의 대상이 되었던 그를 저도 잘 알고 있었지만 직접 시인의 가까운 동료들로부터 그에 관한 주변 얘기를 듣게 된 것은 그 때가 처음이었습니다.

당시 시인은 시국사건에 연루되어 옥살이를 하고 있던 시기였습니다.

그렇기에 시인의 동료들과 자주 어울리면서도 그를 직접 만날 수 있는 기회는 없었습니다.

그러나 그의 문학세계에 관심을 갖고 있던 내게는 그의 가족사와 그에 관한 구체적인 정보를 알게 되면서 더욱 호기심을 갖게 되었습니다.

어느 부분에 있어서는 동병상련의 감정을 느꼈었던 것 같습니다.

그 즈음에, 서울에서의 매일 같은 패턴으로 반복되는 일상과 폭음으로 연결되는 만남들에 회의를 느껴 훌쩍 고향으로 살림터를 옮기면서 여러 인연들도 멀어졌습니다.

그러나 간간히 지면에 전해지는 시인에 대한 소식과 글들을 통해 나름대로 그의 세계를 알아가면서 시인의 정신적인 체온이 느껴지기 시작했습니다.

시인이 보여주는 사회적 몸짓이나 문학을 통한 그에 대한 평가는 다양했습니다.

시국사건에 연루되어 몇 번의 투옥생활을 거친 그는 진보에 앞장선 민주투사로 부각되기도 했고 소외된 영혼들과 어울리며 그들의 아픔과 고뇌를 노래로 불러주는 민중 시인으로 불리기도 했습니다. 어떤 이들은 그의 독특한 문학적 성향을 보고 변태적 탐미주의자라며 눈을 흘기기도 했고 위악으로 자학을 하고 있다고 혀를 차기도 했습니다.

시인에 대한 구구절절하고 다른 이들이 흉내낼 수 없는 독특한 삶의 궤적에 대해서는 이미 여러 지면을 통해 알려진 바 있으니 지금 제가 이곳에서 더 이상의 얘기를 꺼내는 것은 무의미할 것 같습니다.

어쨌거나 그의 문학을 통한 몸짓 속에서 어떤 특별한 순수를 느낄 수 있었기에 그의 문학적 몸짓이 제게는 공명을 일으키며 다가왔습니다.

그의 순수한 영혼이,

마뜩찮게 주어진 현실과 풀어야 할 내면의 갈등들을 힘들어 하면서 각혈하듯 또는 단말마처럼 때로는 한 맺힌 판소리 한 대목처럼 들리기도 했던 그의 목소리를, 한참 세월이 지난 이 즈음에 다시 한 번 귀 기울여 봅니다.

땅끝 마을 한 귀퉁이에서 사위어가는 육체를 내려놓고, 초탈한 모습으로 자신의 영혼을 달래는 시인을 생각하며 흥얼거리듯 읊조려봅니다.

*

한 평생 힘겹게 짊어지고 온 삶
땅끝 마을에서 내려놓고
담배 한 대 피어 무는 그대.
아스라이 걸려 있는 시간들을
무심한 마음으로 바라보고 있네.

그렇게도 보기 싫고
때로는 지워버리고 싶었던 발자국들 속에
미처 보지못한
꽃들이 피어나는 것을 바라보고 있네.

물들 수 없는 영혼이기에
그대의 삶은 더욱 뒤틀리고

스스로를 뭉개버리며 존재에 대해 진저리를 쳤었지.

그럴듯한 이념의 틀 안에 있을 때도

달콤한 허울을 입혀주었을 때도

그대는 그 안에 있으면서도

그대는 언제나 밖에 있었지.

버림받은 영혼들을 위해

선창가 주막의 노래가 되고

사창가 외로운 이의 벗이 되고

헐벗은 노동자의 술잔이 되어

온 통으로 그대의 영혼을 내어주었지.

때로는

방랑자가 되어 떠돌기도 하고

수행자가 되어 토굴에 머물며

안으로, 안으로만의 여행을 했었지.

무애행無礙行!

그렇구나, 그랬었구나.

그가 선택한 이번 생 그의 삶은

무애행을 통해 자신을 통으로 담금질하고 있었구나.

그가 드리운 그림자에

언제나 한산寒山의 그림자가 겹쳐 보였던 것은

그런 이유가 있었음을 이제야 알게 되었네.

문학이 무애행의 방편이 될 수도 있음을

그대는 온 몸으로 보여 주었네.

그대가 지나온 자리마다

이제 꽃자리가 되어

언제라도 보는 이들에게 꽃망울을 터트려 보여 줄 수 있다네.

무엇에도 물들지 않은 영혼

평생을 뒹굴어 상처뿐인 줄 알았는데

그대의 발자국, 발자국마다가
그대로 진실을 향해가는 해인海印이었음을……

그대는 땅끝 백련재 문학의 집 마루에 걸터앉아
소주 한잔 들이키고, 담배 한 대 불붙이며
무심한 마음으로 바라보고 있네.
그대의 해골을
그대의 눈부신 꽃자리를……

편집·해설/강대철 조각가

송기원 시선집

그대는 언제나 밖에

펴낸날	초판 1쇄 2023년 10월 27일
지은이	송기원
펴낸이	심만수
펴낸곳	(주)살림출판사
출판등록	1989년 11월 1일 제9-210호
주소	경기도 파주시 광인사길 30
전화	031-955-1350 팩스 031-624-1356
홈페이지	http://www.sallimbooks.com
이메일	book@sallimbooks.com
ISBN	978-89-522-4868-8 03810